ECO DI LUCI

GIULIO VINCI

*A tutti gli appassionati di musica che non si fermano
al primo ascolto.*

CONTENUTI

PREFAZIONE

Una raccolta *senza pretesa alcuna* di testi musicali, pensieri, monologhi, racconti brevi e poesie. Scritti in diversi momenti e situazioni della vita, che siano scaturiti da fatti personali o ispirati da contesti immaginari, questi testi vogliono essere voce interiore che ruggisce.

Una persona comune, invisibile ai più - non è forse nell'ombra che si crogiola la sensibilità? -, che prova a esprimere con semplicità stati d'animo, emozioni e paure che tutti affrontiamo nel quotidiano.

Le opere sono raggruppate in tre parti (riflessione, trasmissione e assorbimento), tutte legate dall'analogia della luce e dei fenomeni che avvengono quando essa interagisce con la materia.

Benché ogni opera non abbia un tema specifico di appartenenza, ciascuna è stata inserita in uno dei gruppi che più si avvicinasse per affinità. Ogni parte contiene opere in ordine cronologico.

La riflessione della luce in fisica è il cambio di direzione del raggio luminoso quando incontra un materiale riflettente. In modo analogo, quando veniamo colpiti da avvenimenti che ci fanno riflettere, possiamo evolvere la nostra opinione o pensiero su concetti della vita.

Nella trasmissione-rifrazione della luce, il raggio luminoso attraversa il materiale con un possibile cambio di direzione a seconda del materiale. Le opere qui inserite sono dedicate soprattutto all'amore: come proviamo a trasmetterlo al prossimo in tutte le forme, e come viene percepito a seconda della persona che abbiamo davanti.

Nell'assorbimento un materiale può catturare tutta o parte della luce. I materiali neri assorbono tutta la luce. Qui troverete le opere più eterogenee proprio perché noi assorbiamo, a volte in parte, a volte tutto, da una vasta varietà di informazioni, fatti, emozioni.

PARTE I

RIFLESSIONE

VACUUM
(poesia, 2005)

It's always the same route
lost something important to us
it's a shame, a blame, a dive
but if we don't enjoy life

what we lived for?
the times goes, years passed
and people passed out

there's a vacuum that steal our soul
and if we don't throw it away
we can be lost
in the same way

there's a vacuum that steal our soul
and if we don't throw it away
we can be lost
in the same way

it's the moment to say goodbye
or to say we meet again?
the choose it's up to us

there's a vacuum that steal our soul
and if we don't throw it away
we can be lost
in the same way

there's a vacuum that steal our soul
and if we don't throw it away
we can be lost
in the same way

there's no end to this
madness
so, we try to enjoy the life

IF YOU
(testo musicale, 2013)

You belong to me
it's inside me
your intoxicating charm,
eerie smell,
draining soul

you will find me
at the right time
for your feeding,
pleasure and
satisfaction

on the tips
of your scythe
of your sight
I can see a new life

on the tips
of your scythe
of your sight
I can see a new life

if you reach me
I can see the light
I can see the light
on your scythe

if you reach me
I can see the gloom
in your own hands
in your own hands

if you reach me
I can see the light
I can see the light

Hymn to Death
I'm calling you

you lost your mind when
you saw that
your life is so frail and
your body is hopelessly ill but

thinking of it...
I'm the Death and
you must fear me and
you shouldn't praise me?
why do you do so? why?

on the tips
of your scythe
of your sight
I can see a new life

on the tips
of your scythe
of your sight

if you reach me
I can see the light
I can see the light
on your scythe

if you reach me
I can see the gloom
in your own hands
in your own hands

if you reach me
I can see the light
I can see the light

Hymn to Death
I'm calling you

death and charm,
charm is death,
death is charm,
charm and death

death and charm,
charm is death,
death is charm,
charm and death

if you reach me
I can see the light
I can see the light
on your scythe

if you reach me
I can see the gloom
in your own hands
in your own hands

if you reach me
I can see the light
I can see the light

Hymn to Death
I'm calling you

NEBULA CHAIN
(testo musicale, 2013)

The stream, the flow, the sound
the stream, the flow, the sound
into the ne-ne-nebula chain

fear the light fear the sight
in this time where day is night
you should use your ears
to catch the right idea

hear them
hear them
hear them
into the ne-ne-nebula chain

lowers your claims and raise your spirit
now...

hear the whispers of those who
lost everything because they were dazzled by the fame
into the ne-ne-nebula chain
now...

the stream, the flow, the sound
the stream, the flow, the sound

we wrong our path in life
we missed the path of our lives
following dazzled by the dogma
don't follow the dogma, don't follow the dogma

don't be a fool
follow your heart
follow your heart

hear them
hear them
hear them
into the ne-ne-nebula chain

DIAMOND DUST
(testo musicale, 2015)

Fall from the sky
fall from the sky
diamond dust

when it's all useless
when it's all forgiveness
break the ice and make your way
on the snow field

don't lose yourself I take your hand
don't lose yourself I take your hand
you will be what you think
you will be what you feel

freeze your tears
freeze your fear
and find your hope
in this world
freeze your pain
freeze your silence
and screams to your soul
I don't want give up

the light is always
the first to lose the shine
but the heart should remain
with an eternal live fire
the dark is always

the last to gain the shine
but the heart should remain
with an eternal live fire

don't lose yourself I take your hand
don't lose yourself I take your hand
you will be what you think
you will be what you feel

freeze your tears
freeze your fear
and find your hope
in this world
freeze your pain
freeze your silence
and screams to your soul
I don't want give up

diamond dust
diamond dust
diamond dust
diamond dust

don't lose yourself I take your hand
don't lose yourself I take your hand
you will be what you think
you will be what you feel

freeze your tears
freeze your fear
and find your hope
in this world

freeze your pain
freeze your silence
and screams to your soul
and I will burn the heavens
heavens

BELIEVE IN MYSELF
(testo musicale, 2016)

Do you want the kiss of death?

the only thing left
it's to believe in myself
the only thing left
it's to try, try again
never give up, I roar my rules
the lion is my force, stamina and bravery
never give up, revive from the ashes
the phoenix is my guide, spirit and flame

rise again fallen angel
rise again fallen angel
doesn't your heart calling for it
doesn't your heart tremble for it
rise again fallen angel
rise again fallen angel
doesn't your heart calling for it
doesn't your heart...

in the silence of nothing
I don't search for written destiny
a noise in the nowhere
can make, make the difference
the fate is fake, I choose my path
there is so much to live, see and learn
the fate is fake, I choose my time
when I should go away from this

rise again fallen angel
rise again fallen angel
doesn't your heart calling for it
doesn't your heart tremble for it
rise again fallen angel
rise again fallen angel
doesn't your heart calling for it
doesn't your heart...

what are you fighting for?
what are you living for?
why are you still here?
why?
you never give up?
do you still want the kiss of death?

strike again winged angel
strike again winged angel
doesn't your lion slashing for it
doesn't your phoenix burning for it
strike again winged angel
strike again winged angel
doesn't your lion slashing for it
doesn't your phoenix...

even this time I lost to you...

JUST IN TIME
(testo musicale, co-autore Lara Ingrosso, 2020)

I feel I'm just in time
to take control of my life
the time to realize
this vision in my mind

tell me, do you have the control?
no no no no no?
come babe and reach me in the night
that is the perfect time
to start a new life
and to clean up our souls
whatever we'll do tonight
will certain be something we want

I feel I'm just in time
to take control of my life
the time to realize
this vision in my mind
I feel I'm just in time
I feel I'm just in time

tell me, do you have the control?
no no no no no?
come babe and reach me in the night
that is the perfect time

I felt I was in trap
it was a golden cage
it was my golden age, change!
it was an olden page
this is the perfect time
to scribble a new fucking life
to build a bomb and fight
to build a bomb and fight

I feel I'm just in time
to take control of my life
the time to realize
this vision in my mind
I feel I'm just in time
I feel I'm just in time

I feel I'm just in time
I feel I'm just in time
to take control of my life
I feel I'm just in time

I feel I'm just in time
to take control of my life
the time to realize
this vision in my mind
I feel I'm just in time
I feel I'm just in time

BROKEN
(testo musicale, 2020)

In the middle of the night
my chest tremble like
a sudden acid rain
blow the pain away
I'm trying to take the cure
but nothing will, will do
if you don't stand up
nothing will change

what it takes
to feel safe
what it takes
to better days
what it takes
to blow away
all the feelings
all the rains

close the door open the window
take a breath and look at the stars
infinite words mean nothing
but open your mind, open your mind
I'm trying to take the cure
but nothing will, will do
if you don't stand up
nothing will change

what it takes
to feel safe
what it takes
to better days
what it takes
to blow away
all the feelings
all the rains

and I was broken inside
and I leave the scars behind
and I was drowning
in my own blood
in my own word
and I was broken inside
and I leave the scars behind
and I was drowning
in my own blood
in my own word

what it takes
to feel safe
what it takes
to better days
what it takes
to blow away
my own happiness is here
in my feelings
through my lives

NOVA STRIKE
(testo musicale, 2020)

No-no-nova strike
no-no-nova strike
no-no-nova strike
no-no-nova strike
summer
another summer is coming
summer
another summer is coming
summer
another summer is coming
summer
another summer is coming

get a strike
a supernova strike
in this our match of life
before the tic toc is over
get a strike
a supernova strike
in this our match of life
before the tic toc is over

dancing for the night
dancing for the summer
dancing for the night
dancing for the summer

dancing for the night
dancing for the summer
dancing for the night
night night

get a strike
a supernova strike
in this our match of life
before the tic tic toc is over
get a strike
a supernova strike
in this our match of life
before the tic tic toc is over

take me on
the shore reflect my soul
you let me make the dom
of this our crazy world
get a strike
a supernova strike
in this our match of life
before the tic toc is over

wake up
early in the morning
so, you can be horny
na na na na na na
wake up
early in the morning
so, you can be horny
na na na na na na

wake up
early in the morning
so, you can be horny
na na na na na na
wake up
early in the morning
so, you can be horny
na na na na na na

get a strike
a supernova strike
in this our match of life
before the tic tic toc is over
get a strike
a supernova strike
in this our match of life
before the tic tic toc is over

take me on
the shore reflect my soul
you let me make the dom
of this our crazy world
get a strike
a supernova strike
in this our match of life
before the tic tic toc is over

NEON SKY
(testo musicale, 2020)

I turn on
my stereo
with endless
tremor
anxiety
prevails me
but music
will relax me
only one
thing can be done
only one thing
only one noise

oh, on the road
motorbike full speed
the trails of light
pass me by
oh, on the night
the cars will provide
to make for me bright
the trails of mind

to make for me bright
the trails of mind

the eyes
of the buildings
criticize me
insult me

wrong or right
I step aside
and go fast
really fast
only one
thing can be done
only one thing
only one choice

oh, on the road
motorbike full speed
the trails of light
pass me by
oh, on the night
the cars will provide
to make for me bright
the trails of mind

on the desert road
a neon sky I follow
on the desert road
a neon sky I follow

oh, on the road
motorbike full speed
the trails of light
pass me by
oh, on the night
the cars will provide
to make for me bright
the trails of mind

oh, on the road
signal after signal
cross after cross
I'll reach my morrow
oh, on the road
signal after signal
cross after cross
I'll gain my morrow
I'll gain my morrow

DRAGON'S SHADOW
(testo musicale, 2020)

Keep bursting fantasy
legend in the making
keep bursting stories
read your adventures

*dragon's shadow
will be your name
tiger's shadow
will be your story
dragon's shadow
will be your name
tiger's shadow
will be your journey*

will be your journey

every time your sword
slash any your foe
truth will be more close
and you will see more
every time your lancer
pierce any your foe
and your fate will be
under cherry blossoms

*dragon's shadow
will be your name
tiger's shadow
will be your story*

dragon's shadow
will be your name
tiger's shadow
will be your journey

ILLUSIONI
(poesia, 2021)

Illusioni si attanagliano
dentro di te
traspare il falso di ciò che non è
puntando alla massima delusione
che solo la realtà può portare

tante, troppo vanificate ed elogiate
di qualcosa che non c'è e non ci sarà
se non nella tua falsa realtà

Creata da aspettative refrattive
da sogni tormentati
da idee elaborate
tanti film con un solo sperato finale

quello dove vinci
quello dove vivi
quello dove riscatti
quello dove trascendi

Alla fine della pellicola troverai
solo l'amarezza
di accettare quello che è

DARKER
(testo musicale, 2021)

Succubus my desire
spectre your incubus
grow your seal
to find the lost key
of the ninth door

close in my small pocket
my dreams are with me-me
all creatures of this nature
are chasing me over again

the wind whisper me things
that they couldn't understand
columns of high shadow
block my way out (of this)

succubus my desire
spectre your incubus
grow your seal
to find the lost key
of the ninth door

grow in the dark
live in the light
horror is
only human race
grow in the pain
live in the upset
of a new threat

the sand catches my trace
but I'm not going anywhere
vortex of my ascension
point me in the under-underworld

don't obscure my sight
with your stupid light
I'm accept my darker side
to survive

black of the night
can't hide my darker dark
black of the night
can't hide my deepest dark
black of the night
can't hide my luminescent darkness

don't obscure my sight
with your stupid light
I'm accept my darker side
to survive
(for my own right)

ECHO OF LIGHTS
(testo musicale, 2022)

Star of the sky
see the echo of lights
across the line
surrounding me tonight

stella del cielo
vedi l'eco delle luci
oltre la linea
che mi circonda stasera

they reflect my will
they absorb my shine
let me spell a wish
to rise a chaos tonight

riflettono la mia volontà
assorbono il mio splendore
fammi esprimere un desiderio
per creare un caos stanotte

PARTE II

TRASMISSIONE

MEMORIES
(racconto breve, 2010)

At dusk of the evening, on the top of a steep cliff and very high, with a cloudy and uncertain whether, the wind blows strong, breaking waves of the sea against the rocks. A little further down on the top of the cliff, there is a dense forest with majestic, secular trees. You can see a path that leads to an estate belonging to other times and places.

In a room on the estate, a woman is sleeping on a canopy bed and wears a silk pajama. The windows are open and the wind gets into the room and shakes the long white curtains. The shadow of a person can be glimpsed against the wall.

Outside in the distance you hear a whistle. The woman rises slightly, hands leaning against the bed, and looks outside the window as if something were calling. Her ice-blue eyes sparkle and her long black hair is blown by the wind. Memories resurface her mind.

On a sidewalk that runs along the beach a boy and a girl walk across each other. They've never met before. While they keep walking, the two share a glance. She drops a handkerchief which the boy picks up and returns to her.

They start dating and often find themselves in the place where they met; walking on the beach, holding each other's hands, enjoying the beauty around them. Often, they also end up in a forest nearby and have fun running through the dense trees.

Over time, the two young boys fall in love

spontaneously. They grow together and help each other in all the situations that life brings.

Night comes while memories keep crossing the woman's mind. A night plenty of stars and a moon full and bright. Other memories emerge as looking at the sky.

One day the boy, now a young adult, walks down the beach anxious to meet that girl again. In the distance, he sees her joking with another man. She notices him. Glances cross in the air and an atmosphere of general disappointment rises up. He turns his back and walks away with her arm outstretched to reach out him.

The girl heads to the forest crying as she walks, stopping at the tree of their first embrace. He walks along the windy beach, just looking at the sea and thinking of the time he spent.

Each one of them realizes he cannot do it without the other, so they get convinced of what they want, look up and run towards their goal. They meet in the place of their first meeting and embrace each other, he lifts and spins her up in the air. Happiness pervades the area. They promise each other eternal love.

With the end of memories, dawn raises upon the estate. The woman gets up and sees her husband entering the room and approaching to apologize for the mistake he made the day before. The two make peace and so feed an undying love. The shadow of the person against the wall looks at the horizon of the new dawn come.

ANOTHER DIMENSION
(testo musicale, 2013)

Alone in the crowd, she walks backwards
hoping that someone will notice her sorrow
a world with lies is not fit for her
she imagine a big universe
where a noble knight save her

for you to another dimension
for you to another dimension
for you...

hopes, dreams
waiting for you on the other side

from far away I felt your kindness and purity
surrounded by malice and prejudice
but even just for one soul we arrive here
through many adventures and dangers
we see you falling

for you to another dimension
for you to another dimension
for you...

I catch you in my arms, you're safe

PATHETIC
(testo musicale, co-autore Nadege Poulet, 2015)

I can
I can
I can
I can

I can get it now, I can get it now,
I can get it now because she is out

I can get it now, I can get it now,
I can get it now because she is out

he wants me
I want you
You want her
she wants him

she wants me
I want you
You want him
she wants her

veux tu venir ce soir?
chez moi? chez toi?
allez viens!
je t'invite

we are we are pathetic
we are we are

I can get it now, I can get it now,
I can get it now because she is out

I can get it now, I can get it now,
I can get it now because she is out

he wants me
I want you
You want her
she wants him

she wants me
I want you
You want him
she wants her

veux tu venir ce soir?
chez moi? chez toi?
allez viens!
je t'invite

we are we are pathetic
we are we are pathetic

PETALS
(testo musicale, 2015)

I see you there
many years ago
that time
we don't know each other very well
we were
in complicated stories
in complicated lives
even for me...

a new love, a new hope
can be the best thing in my life
a new rose, a new petal
for every feeling, every meaning

our paths crossed
for destiny or pure causality
I have decided
that I want to stay with you
I'm not good with words, I'm not good with feelings
but my music will arrive to your hears
I'm not good with words, I'm not good with feelings
but my music will arrive to your heart

a new love, a new hope
can be the best thing in my life
a new rose, a new petal
for every feeling, every meaning

petals flow around you
the beauty come from within you
petals flow around you
the kindness surround you

I want to stay with you
I want to stay with you now
even for me...

a new love, a new hope
can be the best thing in my life
a new rose, a new petal
for every feeling, every meaning

a new love, a new hope
can be the best thing in my life
a new rose, a new petal
for every feeling, every meaning

BE ALRIGHT
(testo musicale, 2016)

Moving moving on the dance floor
I watch you come so close to me
dancing dancing on the dance floor
people watching your steps and lips
you say to dance with you
but I couldn't make a move
you have looked at my face
and thrown me into the crowd and say

you'll be alright
you'll be alright
you'll be alright
you'll be alright
you'll be alright
you'll be alright
you'll be alright
you'll be alright

the sound reach the soul
and I can dance with you now
the sound reach the soul
and I can dance with you now

keep on moving on the dance floor
while hand on hand I watch your body move
keep on dancing on the dance floor
while my sensation feel so hot

you say to stay with you
but I couldn't make a move
you have looked at my face
tonight is just for us and say

you'll be alright
you'll be alright
you'll be alright
you'll be alright
you'll be alright
you'll be alright
you'll be alright
you'll be alright

the sound reach the soul
and I can dance with you now
the sound reach the soul
and I can dance with you now

you'll be alright
you'll be alright
you'll be alright
you'll be alright

MY SKIN
(testo musicale, 2016)

My skin
my skin
I want back
my skin
I want back
my skin
I want back
my skin
I want back

that day in the club
I fell in love with you in the privè
day after day from that moment
we don't know each other lives

even if even if our bodies
talk well together
even if even if our bodies
stay well together
but our minds are too far

give me back my skin
I want back my skin
give me back my skin
I want back my skin

give me back, give me back
give me back, give me back
I want back my skin
I want back my skin

that day in the club
our sin was so fine but
forget my face forget my life
I want the sun you want the fun
I give you my skin you give me my soul
we lost our...

even if even if our bodies
talk well together
even if even if our bodies
stay well together
but our minds are too far

give me back my skin
I want back my skin
give me back my skin
I want back my skin

give me back, give me back
give me back, give me back
I want back my skin
I want back my skin

SHAKE IT
(testo musicale, 2016)

Shake it shake it
shake it shake it

after that day all is changed
after that day there's so much dancing
after that day all is clear
after that day there's no more pain

now that I am free
to do what I want
now that I am free
to live without regrets

shake your body
shake your body
shake your body
shake your body
shake your shake your
shake your shake your
shake shake shake

put your hand up
shake your body
move your hands
tap your feet
shake shake shake it
make your moves
and free yourself

put your hand up
shake your body
move your hands
tap your feet
shake shake shake it
make your moves
and free yourself

it's a sunny day
when you wake up
it's a sunny day
when you make your move
it's a sunny day
when the work is over
it's a sunny day
when you make your move

after that day all is changed
after that day there's so much dancing
after that day all is clear
after that day there's no more pain

shake your body
shake your body
shake your body
shake your body

put your hand up
shake your body
move your hands
tap your feet
shake shake shake it
make your moves
and free yourself

put your hand up
shake your body
move your hands
tap your feet
shake shake shake it
make your moves
and free yourself

TIMELESS LOVE
(testo musicale, 2017)

Many era are past
but we are still here for us

countless lives
countless lives
searching for the right
in the middle of nowhere

we meet again
till I love you
we meet again
till you need me
in this surrounding universe
in this timeless love
we meet again
till you love me
we meet again
till I need you
in this surrounding space
in this timeless cosmo

the night is clear now
the zodiac is burning now
let me throw my scars without
regret for what I do
I take your hand and
you take my arm
we embrace so strong
that we can hear our soul

like will always be...
so, will be, so will be...
so, will was...

we meet again
till I love you
we meet again
till you need me
in this surrounding universe
in this timeless love
we meet again
till you love me
we meet again
till I need you
in this surrounding space
in this timeless cosmo

the kindness in our eyes
its hidden to the world because
lost in the chaos of
meanless material
that sharp sensation
bring us to highest motivation
to consider the time only a means
till we meet again
till we meet again
till we meet again

timeless love
love

ULTIMO AMORE
(testo musicale, 2018)

Tante storie sono già passate
che il tempo le avrà dimenticate
ma poi arrivi tu come un fulmine
che crea un vuoto nell'inquietudine
al buono non è concessa
la scelta

on the other side
it's up to me
to explain my reason
to playing my part in this
but my feeling know the answer
that I shouldn't care
l'ultimo amore is here

battute su ruoli di realtà sognate
non vissute ma immaginate
con uno sguardo domini la scena
il tuo sorriso sa di luna piena
la ragione dice no

on the other side
it's up to me
to explain my reason
to playing my part in this
but my feeling know the answer
that I shouldn't care
l'ultimo amore is here

l'ultimo amore è il più dolce
l'ultimo è il più vero che c'è
seguimi in quest'ultima avventura
finché la vita non sarà più scura

on the other side
it's up to you
to explain your reason
to playing your part in this
but your feeling know the answer
that I should care
but your feeling know the answer

SAN VALENTINO
(monologo, 2018)

Il cuore batte forte, l'attesa infinita, aspetti che arrivi quel messaggio dove in cui leggere *sono qui*.

Il dono tra le braccia che rappresenta solo un frammento di ciò che provi.

Il respiro si chiude, e con la voce tremolante la saluti.

Le dai quel frammento, vi prendete per mano e passate la serata tra risate e romanticismo.

Situazioni di vita che speri durino per sempre, *un istante*, che in quel momento sembra eterno.

Buon San Valentino agli innamorati e se non è oggi sarà il domani a farci trovare quel che cerchiamo, o a illuminare il cuore di chi ci ha già rapiti.

ISHTAR
(testo musicale, 2019)

I don't want to be alone anymore (Ishtar)
I'm afraid for what I done
let me see you again
my feeling are still strong
tell me tell me one more word
give me give me one more kiss

don't leave me for this time
don't leave me for this night
don't hurt me like the last time
I wanna lose my mind

be my lover be my angel
I will never let you go
be my lover be my angel
I will love you forever
be my lover be my angel
I will never let you go
be my lover be my angel
I will love you forever

AMAMI
(testo musicale, 2020)

In the social weave
everybody lost
the romantic skill
illusion makes confusion
from what to get
and what you see

amami, amami
like you never do before
(love me)
like you will do tomorrow
(love me)
if this love exists
I will go for it
hold me through the hope
hold me through the soul
let me keep this darkness

keep your love in vein
so, it can reach your heart
lead my arteries there
in the shade of poetry
in the shade of Nephilim
don't bleed in vain
keep my love safe

amami, amami
like you never do before
(love me, love me)
like you will do tomorrow
(love me, love me)
if this love exists
I will go for it
hold me through the hope
hold me through the soul
let me keep this darkness

beyond the sunset, beyond the evening
you are reality in this dream
I kiss your thoughts, I kill your pain
you are a relief in my day

amami, amami
take all my senses
amami, amami
light my passion
let's go together
one more time
where is the end
begin the sense

(amami, amami)
like your favorite song
(amami, amami)
all the times, all the moods
(amami, amami)
if this soul exists
bring my crush to me

amami, amami
take all my senses
amami, amami
light my passion
let's go together
one more time
where is the end
begin the sense

ROSSA MALINCONIA
(poesia, 2020)

Malinconiche parole
improvvisate
malinconiche parole
idealizzate
malinconiche parole
influenzate
ma sempre dall'amore
innescate

Si spargono al vento
e si perdono nel tempo
questi sentimenti cavalieri
col tuo sguardo si riaccendono
mentre i cuori si increspano
e la luna sorride
come una corona solare
portandomi a

questa rossa malinconia
questa rossa cresta d'onda
che si abbatte, che si inonda
di un amore senza sosta
questa altezza sopraffina
quell'aria un po' divina
ci porta in un mondo
dove il tempo è più che morto

Non m'importa del futuro
se il presente viaggia sempre
il passato è andato
e il tempo l'ha già scordato
la mia anima ho frantumato
e la scherma l'ha modellato
questo cibo preparato
portandomi a

questa rossa malinconia
questa rossa cresta d'onda
che si abbatte, che si inonda
di un amore senza sosta
questa altezza sopraffina
quella aria un po' divina
ci porta in un mondo
dove il tempo è più che morto

Cercami e ti cercherò
parlami e ti parlerò
guidami e ti guiderò
incontrami a metà
e uniti non avremo confini
l'amore è pensato per tutto il giorno
o solo in un momento di sconforto?
portandoci a

questa rossa malinconia
questa rossa cresta d'onda
che si abbatte, che si inonda
di un amore senza sosta

questa altezza sopraffina
quella aria un po' divina
ci porta in un luogo
dove il mondo è solo nostro
questa rossa malinconia
questa rossa malinconia
malinconia
malinconia

ROSSA MALINCONIA
(testo musicale, co-autore Lara Ingrosso, 2021)

Malinconiche parole
malinconiche parole
da fare asciugare al sole,
da portare strette al cuore

si spargono nel vento
e si perdono nel tempo
questi sentimenti
gli sguardi si riaccendono,
le canzoni li trattengono
e la luna sorride
solo un raggio, un bagliore
che stride

davanti ad uno specchio
improvvisi il tuo riflesso
e non ti somiglia
tu insegui il tuo di sole,
io inseguo la mia luna,
non ti posso afferrare
Sei polvere di un bacio che
sa solo bruciare

questa rossa malinconia
come un'onda mi porta via
la mia rossa malinconia
mi trascina nella sua melodia

a chi importa del futuro?
resto figlio del presente
e il passato è passato
l'ho già dimenticato,
disperso con un soffio
che ti ha solo sfiorato
tu, la scherma, i tuoi riflessi rossi e la mia pelle
che si incide

questa rossa malinconia
come un'onda mi porta via
la mia rossa malinconia
mi trascina nella sua melodia

questa rossa malinconia
come un'onda mi porta via
questa dolce malinconia
spero un giorno che torni

FUTURES
(testo musicale, co-autore Lara Ingrosso, 2021)

Don't worry about it
don't let it get you down
I will be next to you
side by side

when you feel down on the street
when I have to fall from a dream
we'll hold each other
everyday

let me be your futures
let me be your passions
in every life you go through
every time you see the bloom
I'll be under your window

you shape me baby
so, don't be rushed, just slow down
you know, we got the time
every night

when we fall down on the streets
like shooting stars beyond the sea
then we return to shore
like tiny shells

let me be your futures
let me be your passions
in every life you go through
every time you see the bloom
I'll be under your window

PARTE III

ASSORBIMENTO

COLD SENSATION
(poesia, 2005)

Feel this cold sensation...

on my face...

breezing dust...

just walking on surface
crying for something
enjoy for nothing

the demons' smile and
the darkness surrounds you

in this cracked world

fell from my face
a blood of tear and
dissolving in it my mind

I suppose to be in there
in my futile imagination

lost and confused...

EYES
(poesia, 2005)

I want you to
open your eyes
and watching your mind
because that's what you need to do
for understand the life

in the flowing of time
you encountered an unbelievable
number of people that lies on you
so, don't trust them but
feel the deeping true in their heart

I want you to
open your eyes
and watching your mind
because that's what you need to do
for understand the life

take my advice for sure
this life is not a joke believe me
and see after the appearance
and the image printed in
the true is beyond it...

HEAL MY FEAR
(poesia, 2005)

*You heal my fear
you heal my fear
you heal my fear*

you
heal my fear
from my tears
using your
shining lights

*you heal my fear
you heal my fear
you heal my fear*

when the time has come
you find me crying
on a wall side

yeah…

then you open the path
for the shining lights

but my blame is strong for sure
and you try to accomplish me
to heal me
to heal me
to heal me

you heal my fear
you heal my fear
you heal my fear

now I searching for you
to find you to love you

but since you have disappeared
And never reappeared

eh…

now I must find my way alone
to continue my journey
without you
following the path, you show me
you show me, you show me

you heal my fear
you heal my fear
you heal my fear

you
heal my fear
from my tears
using your
shining lights

you heal my fear
you heal my fear
you heal my fear

IL DIARIO DI CHAOS
(racconto breve, 2011)

We travel so far to reach ourselves exploring the dark to heal our scars. Seek within until the end: shine, eclipse, and start again.

17 dicembre 17xx

Ho fatto un sogno.... uno strano sogno fatto di profezie e cambiamenti... Tutto mutava e si trasformava... E una lettera greca.... che era incisa dappertutto... sui muri, sui libri, sulle strade... era la lettera alfa... ma che vorrà dire?

24 dicembre 17xx

Siamo alla vigilia di Natale.... È passata una settimana e ogni notte faccio sempre lo stesso sogno... Forse dovrei parlarne con qualcuno che sappia interpretarlo...

25 dicembre 17xx

Passeggiando per le strade del porto ho incontrato un uomo incappucciato... era un monaco. Ho parlato con lui del mio sogno... Ha detto che dovrei intraprendere un viaggio verso l'ignoto dove potrei trovare le mie risposte. Sì ma come faccio, non ho mezzi tanto meno una nave per poter salpare. Questa è un'isola in mezzo al Mediterraneo.

26 dicembre 17xx

Non posso crederci! Ora posso partire! Recluterò una ciurma e acquisterò un galeone, così potrò finalmente partire! Passeggiando sulla spiaggia, in una zona non frequentata, ho trovato un forziere pieno d'oro e gioielli. Non voglio neanche chiedermi come ci sia finito lì. Forse è il destino che mi sta guidando? Dal profondo del cuore non sono riuscito a non dare una parte in beneficienza... So che sarà dura trovare una ciurma che voglia cimentarsi nell'impresa... Chiederò ai miei fidati amici, forse mi seguiranno e mi consiglieranno per il meglio.

7 gennaio 17xx

Passate le feste in tranquillità. Oggi ho trovato il galeone che mi interessa. Doveva essere venduto a un'altra persona, ma è deceduta... Ho chiesto al falegname di fare delle modifiche: di colorarlo di blu come il cielo e d'azzurro come il mare.

8 gennaio 17xx

Due dei miei migliori amici mi seguiranno... ne son contento... Ma ancora nessuna ciurma.

17 gennaio 17xx

È tutto pronto! Trovata la ciurma, al momento stanno rifornendo la nave di viveri. Non avendo una meta precisa mi affiderò al mare.

18 gennaio 17xx

Siamo in mare... il tempo è dei migliori. Appena partiti ho notato nella mia cabina un binocolo, al suo interno c'era una mappa. Chi l'avrà messa lì? Ad ogni modo la cosa mi incuriosisce, ho deciso di seguire questa rotta. Nella mappa viene indicata un'isola. Ad occhio ci vorranno un paio di mesi per arrivarci.

24 gennaio 17xx
Non pensavo che la vita di mare mi sarebbe piaciuta...
Sono incline ad altri tipi di attività. L'oceano è immenso e non si vede una fine...

1 febbraio 17xx
Non avrei mai creduto di riuscire a sopravvivere ad un attacco del genere. I pirati ci hanno attaccato reclamando il tesoro che gli avevo rubato. Ebbene sì, il tesoro che avevo trovato sulla spiaggia era di questi pirati. Dopo l'attacco siamo rimasti in pochi e non so se continuare. Fortunatamente, secondo la mappa, siamo vicini a un porto dove potremo effettuare tutte le riparazioni del caso e curare nel miglior modo i sopravvissuti...

2 febbraio 17xx
Il posto in cui ci troviamo è molto tranquillo e ospitale. Stiamo riparando la nave ma prima di una settimana non riusciremo a partire...

9 febbraio 17xx
Proprio domani che si riparte ho avuto l'ennesimo strano sogno. Questa volta con il simbolo dell'infinito... che significato avrà e soprattutto chi mi sta guidando?

10 febbraio 17xx
I miei amici hanno preferito non continuare il viaggio...
Siamo veramente in pochi, ce la faremo?

29 febbraio 17xx
Voglio essere ottimista, dobbiamo pensare a un nuovo e migliore giorno... Anche perché domani dovremmo arrivare all'isola indicata sulla mappa.

30 marzo 17xx
Siamo arrivati! Ma la mappa è sparita. Maledetto! Non avrei mai immaginato che fosse a bordo, sono stato usato! Chissà come avrà fatto a farmi fare quei sogni. Il monaco aveva organizzato tutto, ora gli daremo la caccia! Che sia vendetta!

5 aprile 17xx
Ho trovato il monaco in fin di vita. Prima di morire ha detto che con i sogni non aveva nulla a che fare... Ha menzionato un certo diamante oscuro come chiave di un qualcosa... Non aveva la mappa con sé... Chi l'avrà ridotto in fin di vita?

9 aprile 17xx
Dobbiamo trovare il sentiero che conduce a questo diamante...

10 aprile 17xx
Ho notato che su degli alberi c'è il simbolo dell'infinito.... seguendo questi simboli sono giunto a una grotta... Credo proprio che ci siamo! Ma prima di entrare dovremo attrezzarci a dovere.

11 aprile 17xx
La grotta è molto profonda ma abbastanza lineare, non ci sono diramazioni particolari. Andando più in fondo ci sono una serie di cristalli e ombre che, illuminati,

generano dei colori bellissimi. In un punto in particolare, guardando in alto, si vede una sorta di sole rosso...

15 aprile 17xx

Sembra di essere arrivati a un vicolo cieco... Fortunatamente stiamo riuscendo ad andare avanti, è come se fosse stato realizzato un sistema di areazioni all'interno. Infatti c'è sempre aria pulita e fresca. Mi fa pensare che non sia del tutto artificiale questo tunnel...

17 aprile 17xx

Non ci posso credere... Tradito! Dai miei amici. Ma hanno fatto la fine che meritavano. Li ho trovati morti alla fine del tunnel. A quanto pare sono stati loro a uccidere il monaco che aveva rubato la mappa. Ma a questo punto non mi è più di nessun aiuto. Abbiamo trovato anche diversi tesori. Questo in parte compensa gli sforzi fatti... non tanto per me, ma per la mia ciurma che si è dimostrata veramente fedele e nella quale ho trovato tanti altri validi e sinceri amici. Penso che indagherò ancora qualche giorno e poi tornerò a casa...

22 aprile 17xx

Ora anche il simbolo alfa del mio sogno ha un senso, assieme al sole rosso che avevo visto in precedenza nella grotta. Con la giusta luce rossa che punta sul simbolo greco presente in angolo si è aperta una porta segreta...

24 aprile 17xx

Che abbia aperto il vaso di pandora? Ho trovato il diamante di cui parlava il monaco... impossibile non riconoscerlo, un colore cupo e scuro. Una volta preso sono stato pervaso da un'energia che ha guarito tutte le mie malattie e mi ha donato un fisico giovane e forte... Ma di contro sento il mio spirito gravemente ferito. Inoltre, una volta preso sembra che tutto intorno a me sia cambiato... forse è solo una percezione ma... Mi ritrovo con capacità che prima non avevo, adesso so destreggiarmi con la spada, io che non sono un combattente.

30 aprile 17xx
Siamo usciti dalla grotta e siamo stati attaccati, ma col diamante e con le mie nuove capacita è stato semplicissimo respingerli. Forse erano a guardia della grotta...

3 maggio 17xx
Il diamante tra le mie mani si è dissolto all'alba di un nuovo giorno, diventato cupo e tempestoso... Strani rumori si odono e lamenti di dannati si ridestano... Cosa ho fatto! Non avrei mai dovuto intraprendere questo viaggio!

4 maggio 17xx
Un demone è uscito dalla mia anima reclamando la sua ricompensa per ciò che mi ha dato. È stata una battaglia molto difficile, ma non so come, sono riuscito a vincere. Sconfitto il demone le mie nuove capacità sono rimaste e il bel tempo sembra essere tornato a splendere.

5 maggio 17xx
Siamo in viaggio per tornare a casa, già pensando a come questa avventura diventerà per tutti un vecchio ricordo. Non so cosa mi riserva il futuro, ma con le

risorse e le capacità acquisite cercherò di aiutare gli altri. Sicuramente per me questo è l'inizio di una nuova era...

Think about a new age of man which is dawning. A whole cosmos stands in front of us, and our evolution makes a sudden leap forward...

FLY ATTEMPT
(testo musicale, 2013)

Your guilty hands broke a mirror
that reflected my bloody face and purple knees
the wolf inside me is howling
searching for a way of independence

I fallen in the darkness
with my heart beating hard
the clouds are crying
while I attempt to fly...
far from your arms...

my love is strong but my soul is frail
your beautiful words became my worst nightmare
the voice trembles like a petal in the wind
and you never say... sorry I need your help

I fallen in the darkness
with my heart beating hard
the clouds are crying
while I attempt to fly...
far from your arms...

your obsession
is more important
than my motivation
to make things go right

the wolf inside me is howling
searching for a way of independence
I can't forgive your crimes
like my naive pure love
the wolf inside me is howling
searching for a way of independence
I wanna fly, attempt attempt attempt
to change, change my life
the wolf inside me is howling
searching for a way of independence
I wanna fly, attempt attempt attempt
to change, change my life

I fallen in the darkness
with my heart beating hard
the clouds are crying
while I attempt to fly...
far from your arms...
far from your arms...

SWEET JOKER
(testo musicale, 2014)

Whispered to you

there's something in my head
that I need to talk with you
there is a lie
on your sweet smile
you say I'm wrong
but these facts are real
there is a lie
on your sweet smile

there's something in my head
there's something in my head
there's something in my head
there's something in my head
that you could be
my Harley Quinn

you are a lier

bizarre excuses
come from you
like the Joker
I trust my insanity to you
you say I'm fool
but this madness is for you
like the Joker
I trust my insanity to you

there's still in my head
there's still in my head
there's still in my head
there's still in my head
that you could be
my Harley Quinn

all the things you said are lies
all the things you said are tears
you should go away from here
you should go away from me
all the things you said are lies
all the things you said are tears
but now I will draw my card
and this time will be my queen

no more in my head
no more in my head
no more in my head
no more in my head
that you could be
my Harley Quinn

FEAR MY TEARS
(testo musicale, 2015)

Hurt
relief
redeem
agony
oblivion
temptation

I blame yourself
you injured me and I killed you

that daga make an end
to my agony, to my misery
like a black feather soaked with blood
I accept my guilty

you should
fear my tears
you should
fear my anger
from what you have done to my life
from what you have done to my existence
fear my tears, fear my anger
and will your soul disappear

a fierce demon born from my love
the same love that was for you
a fierce demon born from my hate
the same hate that was for me

I redeem my place like a
knight reclaim its kingdom
I accept to feeling guilty
without regret for my justice

you should
fear my tears
you should
fear my anger
from what you have done to my life
from what you have done to my existence
fear my tears, fear my anger
and will your soul disappear

the wolf inside me
suffer for losing
but the way of independence
needs his sacrifices

that daga is my pain and pleasure
the blood flowing is the life taken
and every tear on my face
are all the sad moments
I have lived

you should
fear my tears
you should
fear my anger
from what you have done to my life
from what you have done to my existence
fear my tears, fear my anger
and will your soul disappear

DISPER
(testo musicale, 2017)

In your head there's nothing
in your hand there's something
that could change this war
that could change this madness
watch outside this screen
watch outside this mind
see the desolation...
see the disperation...

we are fighting for, fighting for
fighting for, for extinction
we are fighting for, fighting for
fighting for, so

lend me your help
lend me your strength
please lend me your help
please lend me your strength
let my disperation
torn apart the flesh and blood
let my illumination
take the unconscious

in the fire of justice
in the ice of hearting beat
hug me from this
hug me from behind

the way we are here
the way we are still here
see the desolation...
see the disperation...

we are fighting for, fighting for
fighting for, for extinction
we are fighting for, fighting for
fighting for, so

lend me your help
lend me your strength
please lend me your help
please lend me your strength
let my disperation
torn apart the flesh and blood
let my illumination
take the unconscious

NEPHILIM
(racconto breve, 2017)

Una ragazza, all'apparenza fragile, osservava la luna che rifletteva la sua immagine sul lago. Aveva dei lunghi capelli argentati, gli occhi di un blu zaffiro e la pelle pallida. Il suo corpo snello era ricoperto di cicatrici di diverse lunghezze.

Il luogo dove stava la ragazza era tranquillo, circondato da alberi e vegetazione, e non sembrava esserci la presenza dell'uomo in alcun modo. In lontananza, oltre la foresta e alle spalle della ragazza, si intravedeva quello che sembrava essere un castello gotico. Aveva una forma spettrale, come una immagine intermittente di qualcosa non realmente presente.

La grande campana al centro del castello iniziò a suonare incessantemente, come a voler lanciare un grido d'aiuto. La ragazza emotivamente alterata uscì subito dal lago, si ricompose e corse in direzione del castello. La sua velocità non era umana ed era evidente, uguagliava quella di un puma, se non di più.

Arrivata davanti al castello, vide le porte spalancate e del fumo fuoriuscire da esso. Si erano in realtà creati diversi incendi all'interno delle mura e gran parte del luogo era stato danneggiato.

La prima preoccupazione della ragazza era capire se *lei* stesse bene, era la persona più importante della sua vita. Iniziò la ricerca nella prima parte del castello, dove alla sua vista si pararono diversi corpi di *esseri* senza vita, che dovevano appartenere a chi lì ci viveva.

A giudicare da quel che vedeva, dovevano essere

stati uccisi da esseri muniti sia di armi da fuoco che di lame affilate.

All'improvviso la ragazza fu attaccata. Erano quattro umani *cacciatori* armati. Grazie alla sua agilità e velocità riuscì a evitare i colpi delle loro spade, ma le loro armi da fuoco riuscirono comunque a colpirla di striscio in diversi punti. Furiosa, reagì, attaccando a sua volta e uccidendo gli aggressori con le loro stesse armi. Ne rimase uno in piedi che fu morso dalla ragazza e prosciugato del suo sangue. Questo rigenerò le forze della ragazza.

La ragazza *senza tempo* riprese la ricerca seguendo le tracce lasciate dagli umani *cacciatori*. Tra una serie di stanze, corridoi e scale dovette affrontarne altri, ma riuscì a eliminarli tutti.

Giunta nella zona centrale del castello, vide il giardino in fiamme e, anche qui, diversi *esseri* senza vita. Tra questi però c'era una figura familiare: era proprio al centro del castello con glifi disegnati sul terreno. Non erano stati messi lì per caso.

La ragazza si avvicinò e vide che era *lei*. Il cuore le era stato strappato dal petto e, oltre a numerosi tagli e ferite, aveva un foro al centro della fronte. L'omicida voleva assicurarsi che non ci fosse alcun modo perché potesse riprendersi.

La ragazza *senza tempo* si perse in un vuoto sconforto, accasciandosi e piangendo sul corpo della sua compagna. Si chiedeva perché mai tutto ciò era avvenuto. Vivevano in pace lontano dagli umani, i quali erano per lo più una leggenda, una favola. Apparivano in quel luogo con il castello solo il tempo necessario a nutrirsi degli animali che popolavano la zona. Era l'ordine naturale delle cose, nessun ecosistema veniva alterato, anzi anche loro avevano una precisa funzione. Mantenere il numero di animali costante facendo in modo che nessuna specie sopraffacesse l'altra.

Rialzatasi, scorse una figura nella parte più alta del castello. Impetuosa e soddisfatta del lavoro svolto, guardava in direzione della ragazza. Fece capire che la stava aspettando per chiudere questo circolo di tragedie *reciproche*.

La *senza tempo* con passo deciso si diresse nella parte interna del castello, da lì avrebbe raggiunto le scale che conducono alla torre più alta. Altri *cacciatori* si pararono davanti a lei e, ancora più spietati dei precedenti, portavano con sé trofei delle loro vittime, nonché armi ancor più letali. Sfruttando le loro debolezze e la loro vanità ne uscì vittoriosa, ma non senza conseguenze. Si fece colpire di proposito dalle loro lame per bloccarle e poterli mordere. In un circolo di causa-effetto, la lama creava delle ferite che venivano trasformate in cicatrici assimilando il sangue del malcapitato. Poteva curare le ferite fisiche ma il dolore provato non poteva essere evitato, anche se al momento era il cuore a soffrire di più.

Nel castello le fiamme si erano estinte e gli scontri cessati. Un silenzio surreale *come al lago* si era creato per tutto il luogo. Una strage, una carneficina di *esseri* e umani sparsi in ogni dove: in piedi solo *loro due*, prossimi a confrontarsi.

La ragazza arrivò alla porta della sala del trono. Una volta entrata vide l'umano a capo dei *cacciatori* seduto sul trono. Continuava ancora a domandarsi il perché di tutto questo. Poi, si accorse di riconoscere dei bracciali al polso dell'umano. Appartenevano agli esseri del castello che non vivevano più lì ormai da tempo. Finalmente realizzò: l'umano cercava vendetta, proprio come lei adesso.

In passato la ragazza fu costretta a esiliare dal castello alcuni *esseri* perché avevano violato la regola di non entrare mai in contatto con gli umani. Nei casi più gravi si erano nutriti di sangue umano e si erano resi protagonisti di numerosi fatti atroci. A tutti gli esiliati venne dato un braccialetto, non solo per identificarli, ma anche per inibire le loro capacità. Evidentemente gli umani avevano intercettato questi esseri, uccisi e analizzati, come solo la crudeltà umana sapeva fare.

Qualcosa probabilmente era andato storto per spingere un esercito di cacciatori ad attaccare e aspettare il momento opportuno. Sembra quasi avessero aspettato la sua assenza dal castello per mettere in atto il loro piano. Lei era la guerriera per eccellenza, senza di lei sarebbe stato facile vincere.

L'uomo si alzò dal trono e impugnò le armi. Aveva una spada, una pistola e una frusta. La *senza tempo* aveva solo le sue capacità ed era molto indebolita dai precedenti scontri. Si guardarono per qualche secondo senza parlare, poi lo scontro iniziò.

La battaglia fu feroce e violenta, ma la cosa sorprendente era che l'umano fosse alla pari della ragazza, anzi era avvantaggiato dalle sue armi. La ragazza allora intuì che quello che aveva visto nel giardino era un rituale umano per trasferire le capacità dell'essere sacrificato. La scelta della vittima non era casuale, sicuramente la *lei* del castello aveva le capacità migliori. Se era il loro primo tentativo, gli era riuscito nel miglior dei modi. La ragazza iniziava ad essere in seria difficoltà, non poteva neanche curarsi mordendo l'umano: questa abilità era inutile su di lui.

Aveva solo una possibilità e non era nemmeno detto che funzionasse, attivare i braccialetti che aveva al polso l'umano per inibire le sue nuove capacità. Non sapeva se erano funzionanti, ne sarebbe bastato solo uno attivo per vincere. I braccialetti all'apparenza sembravano semplici pezzi di stoffa decorativi. Se entravano in contatto con una sostanza specifica, si attivava una reazione a catena che inibiva le capacità del possessore. Questo a patto che il tessuto non fosse rovinato o intriso di altre sostanze. Il reagente era utilizzato soprattutto come elemento decorativo, e solo eccezionalmente era usato come strumento inibitore. Il colore era argenteo e si poteva trovare in forma liquida all'interno di vasi o solida su muri e pareti.

La ragazza, schivato l'ennesimo attacco, riuscì a prendere la sostanza reattiva che era in un vaso lanciandolo in direzione del polso dell'umano. Lo sfidante vide tale gesto come quello di un avversario ormai sconfitto, non fece nulla per schivare l'oggetto.

Lo scontro continuò ma adesso le cose erano cambiate, l'umano perdeva forza ogni secondo. Il piano era riuscito. Con un colpo assestato e con tutta la forza che le era rimasta, la ragazza strappò a mani nude il cuore dell'umano. Prima lo strinse tra le mani e poi lo gettò via.

Stremata e grondante di sangue si trascinò sulla balconata della torre. Era arrivata l'alba. Mentre i raggi del sole un po' alla volta colpivano il suo viso, il suo corpo si dissolveva nel nulla diventando polvere argentata.

Nei suoi ultimi istanti, prima di scomparire, fu

pervasa da un sentimento di apatia. Entrambe le specie avevano subito perdite ingenti per incomprensioni. Forse la conoscenza e la condivisione delle culture avrebbero evitato tutta questa carneficina, eppure il vedere *come nemico* qualunque cosa diverso da loro aveva avuto la meglio. Fu il suo ultimo pensiero.

Il suo nome era Nephilim…

OMEN
(testo musicale, co-autore Stefania Leo, 2018)

Great omen
spoken to me
spoken to me
tell me the truth
behind the existence
the existence
the existence

great omen
tell me the truth
the truth
behind the existence
the existence
the existence

I feel the rain on me
the wet of my sorrow
drowning my lambs

a thunder shakes the heart
and a new omen torments me
torments me now

from the storms
from all the storms
I run away
in the same way

no one can
no one of them
can hits me
in the right way

no one of them
can hits me

the black
of sky
melts
with my own eyes
the white
of light
melts
with me

the sky suffer for me
and it takes revenge on me
it's not my fault
with its own lightings

from the storms
from all the storms
I run away
in the same way
no one can
no one of them
can hits me
in the right way

from the storms
from all the storms

I run away
in the same way
from the sin
in the eyes of God
I run away

lead me
save me
protect me
teach me
or
break me
consume me
destroy me
lose me

from all the storms
I run away
no one of them
can hits me

from all the sins
I run away
in the eyes of
omen

LA FIAMMA E IL VENTO
(monologo, 2021)

Sono una fiamma che si fa spostare dal vento, ma rimango ancorata lì al mio ceppo. Mi sposto solo se si muove lui.

Odio il vento. Odio il vento perché vorrei essere come lui, libero di muoversi e ondeggiare nell'aria dove più gli pare.

Lo senti il vento. Ti spinge ma non puoi toccarlo, puoi solo accarezzarlo. Inconsistente eppure libero da tutti i pregiudizi perché trasparente.

A volte porte con sé delle cose, talvolta belle talvolta brutte. Ma sceglie lui cosa trascinare. A volte trascina anche me che sono una piccola fiamma, ma con il vento posso diventare imponente pure io. Fare terra bruciata ma sempre e solo con il consenso del vento.

Che grande cosa il vento. Se non ci fosse sarebbe disastroso per la natura. Abbiamo detto che lui porta anche il bello, come i semi dei fiori per far crescere la natura.

Il vento bene e male. Gioia e dolore. Che bello il vento. Ma non lo invidio per una cosa, non si ferma mai e non mette mai casa. Io invece posso scaldare i cuori di una famiglia in un caminetto.

ARCOBALENO
(monologo, 2022)

Il rosso mi dà l'energia e mi avvolge della sua passione dirompente. Mi attiva i sensi e il sangue ribolle.

L'arancione vuole divertirsi e prendersi gioco della vita. Improvvisa su tutto, ogni spunto è motivo di moto!

Il giallo, oltre a illuminarmi attraverso il sole, accende anche i miei pensieri. Mi segna la strada e il tempo che passa.

Il verde mi accompagna in questi giorni di speranza. Mi circonda la natura del suo colore, solo dove è più nutrita.

Il blu mi dice di andarci piano e ogni tanto di guardarsi anche dentro. Il cielo per quanto grande non è infinito e sopra di esso echeggia l'oscurità del cosmo.

L'indaco cerca di metter pace tra il rosso e blu. La serenità è l'obiettivo. Lo scontro fine a se stesso porta solo al dolore.

Il viola è la mente che c'è dietro a tutto! Aspira alla conoscenza assoluta.